Irvin D. Yalom erzählt in »Ein menschliches Herz« die Geschichte seines guten Freundes Bob Berger, der seit seiner Kindheit während des Holocaust in Ungarn zwei Leben führte: eines tagsüber als engagierter und exzellenter Herzchirurg – und ein nächtliches, in dem Bruchstücke entsetzlicher Erinnerungen durch seine Träume geisterten. Jahrzehntelang verdrängte Berger durch unermüdlichen Arbeitseifer seine schrecklichen Erlebnisse, bis sie sich während einer nicht ungefährlichen medizinwissenschaftlichen Reise nach Venezuela wieder Bahn brachen.

Irvin D. Yalom wurde 1931 als Sohn russischer Einwanderer in Washington, D. C. geboren. Er gilt als einer der einflussreichsten Psychoanalytiker in den USA und ist vielfach ausgezeichnet. Seine Fachbücher gelten als Klassiker. Seine Romane wurden international zu Bestsellern und zeigen, dass die Psychoanalyse Stoff für die schönsten und aufregendsten Geschichten bietet, wenn man sie nur zu erzählen weiß.

Robert L. Berger ist erfolgreicher Herzchirurg und seit vielen Jahren Professor an der Harvard Medical School. Er hat über 250 Fachartikel veröffentlicht und als erster Arzt weltweit ein künstliches Herz implantiert. Berger ist verheiratet und hat zwei Töchter.

Irvin D. Yalom
Robert L. Berger

Ein menschliches Herz

Roman

Aus dem Amerikanischen
von Lisa Jannach

btb

Die Originalgeschichte, die auf dem Gespräch mit Robert L. Berger beruht, trägt den Titel »I'm calling the police«.

Sollte diese Publikation Links auf Webseiten Dritter enthalten, so übernehmen wir für deren Inhalte keine Haftung, da wir uns diese nicht zu eigen machen, sondern lediglich auf deren Stand zum Zeitpunkt der Erstveröffentlichung verweisen.

MIX
Papier | Fördert
gute Waldnutzung
FSC® C014496

Penguin Random House Verlagsgruppe FSC® N001967

7. Auflage
Genehmigte Taschenbuchausgabe August 2011,
btb Verlag in der Penguin Random House Verlagsgruppe GmbH,
Neumarkter Str. 28, 81673 München
Copyright © 2008 by Irvin D. Yalom und Robert L. Berger
Copyright © der deutschsprachigen Ausgabe 2009 by btb Verlag
in der Penguin Random House Verlagsgruppe GmbH, München
Copyright © des Irvin D. Yalom Porträts am Ende des Buches:
Annette Schäfer: *Das Porträt: Irvin D. Yalom –
der Geschichtenerzähler.*
Psychologie Heute 2/2009. Nachdruck mit freundlicher
Genehmigung der Redaktion Psychologie Heute.
Umschlaggestaltung: semper smile, München
Umschlagmotiv: © akgimages
Satz: Uhl +Massopust, Aalen
Druck und Einband: GGP Media GmbH, Pößneck
MK · Herstellung: sc
Printed in Germany
ISBN 978-3-442-74257-8

www.btb-verlag.de
www.facebook.com/btbverlag

Ein menschliches Herz

Als das Abschiedsbankett zum fünfzigjährigen Approbationsjubiläum meines Studienjahrgangs allmählich zu Ende ging, gab mir Bob Berger, mein alter Freund, mein einzig verbliebener Freund aus den Zeiten meines Medizinstudiums, zu verstehen, dass er unbedingt mit mir reden wolle. Obwohl wir unterschiedliche berufliche Wege eingeschlagen hatten, er zur Herzchirurgie und ich zur Gesprächstherapie für gebrochene Herzen, hatten wir eine enge Beziehung aufgebaut, die, wie wir beide wussten, ein Leben lang halten würde. Als Bob mich nun am Arm nahm und zur Seite zog, wusste ich, dass etwas im Argen lag. Bob berührte mich so gut wie nie. Uns Seelenärzten fällt so etwas auf. Er beugte sich zu mir und krächzte mir ins Ohr: »Etwas Schwerwiegendes passiert gerade ... die Vergangenheit kocht hoch ... meine beiden Leben, Nacht und Tag, fließen ineinander. Ich muss mit dir reden.«

Ich verstand. Seit seiner Kindheit, die er während des Holocaust in Ungarn verbracht hatte, führte Bob zwei Leben: eines tagsüber als umgänglicher, engagierter und unermüdlicher Herzchirurg und ein nächtliches, in dem Bruchstücke entsetzlicher Erinnerungen durch seine Träume geisterten. Ich wusste alles über sein Leben, das er tagsüber führte, aber in unserer fünfzig Jahre dauernden Freundschaft hatte er nie etwas von seinem nächtlichen Leben preisgegeben. Auch hatte er mich niemals ausdrücklich um Hilfe gebeten: Bob war selbstgenügsam, mysteriös, geheimnisvoll. Das hier war ein anderer Bob, der mir ins Ohr flüsterte. Ich nickte, ermutigte ihn. Ich war besorgt. Und ich war neugierig.

Dass wir während unseres Medizinstudiums Freunde geworden waren, war nicht selbstverständlich gewesen. Berger war ein »B« und Yalom ein »Y«, und schon allein das stand einem näheren Kennenlernen entgegen. Normalerweise suchen sich Medizinstudenten ihre Freunde im Bereich ihrer eigenen Anfangsbuchstaben heraus: Leichensektionen, Laborpartner und Klinikdienste werden nach dem Alphabet vergeben, und so hing ich die meiste Zeit mit der Gruppe S bis Z herum – Schelling, Siderius, Werner, Wong und Zuckerman.

Vielleicht lag es an Bobs ungewöhnlicher Erscheinung. Von Anfang an faszinierten mich seine lebhaften, blauen Augen. Noch nie hatte ich einen so tragischen, entrückten Blick gesehen, einen Blick, der faszinierte, der mit meinem Blick spielte, mich aber niemals direkt traf. Sein Gesicht war ungewöhnlich, geradezu kubistisch, hatte scharfe Kanten, wo man hinsah: spitze Nase, spitzes Kinn und sogar spitze Ohren. Seine von Rasurnarben gezeichnete Haut war fahl. Keine Sonne, dachte ich. Keine Karotten. Kein Sport.

Seine Kleidung war verknittert und von einem undefinierbaren Graubraun (noch nie habe ich ihn mit etwas Farbigem gesehen). Und trotzdem fühlte ich mich von ihm angezogen. In späteren Jahren sollte ich Frauen sagen hören, dass er unwiderstehlich unattraktiv sei. *Unwiderstehlich* ist möglicherweise ein wenig stark, vielleicht trifft *verführerisch* es besser. Ja, ich war von ihm fasziniert: In meiner provinziellen Highschool in Washington D. C. und an der Universität hatte ich nie jemanden kennengelernt, der Bob auch nur im Entferntesten ähnlich gewesen wäre.

Unser erstes Zusammentreffen? Daran erinnere ich mich gut. Ich saß in der Bibliothek der medizinischen Fakultät, in der er ganze Abende mit Recherchearbeiten für Professor Robbins' Lehrbuch der Pathologie zubrachte (ein Text, der eine leuchtende Zukunft vor sich hatte, ein Text, der Generationen von Medizinern in der ganzen Welt

als Lehrmaterial diente und noch immer dient).
Eines Abends kam er in der Bibliothek zu mir herüber und eröffnete mir, dass ich für das Neurologie-Examen am folgenden Tag nun genug studiert hätte.

»Hast du Lust, Geld zu verdienen?«, fragte er. »Robbins hat mir viel zu viel Arbeit aufgehalst, und ich könnte ein bisschen Hilfe gebrauchen.«

Auf das Angebot sprang ich sofort an. Abgesehen von einem kleinen Taschengeld, das ich mir mit Blut- und Spermaspenden verdiente – bei Medizinstudenten die klassische Quelle für schnelles Geld –, lebte ich ausschließlich von den Einkünften, die der Lebensmittelladen meiner Eltern abwarf.

»Warum ausgerechnet ich?«, fragte ich.

»Ich habe dich beobachtet.«

»Und?«

»Und du könntest Potenzial haben.«

Bald verbrachten wir drei oder vier Abende die Woche Seite an Seite in der Bibliothek der medizinischen Fakultät der Universität von Boston und arbeiteten für Dr. Robbins, oder wir hingen in meinem Apartment herum, plauderten oder lernten. Meistens war ich es, der lernte – Bob hatte es anscheinend nicht nötig. Abgesehen davon beschäftigte er sich leidenschaftlich mit Solitaire, das er stundenlang spielte, manchmal, wie er behauptete, für die New-England-Meisterschaften, manchmal für die Weltmeisterschaften.

Bald erfuhr ich, dass er ein Flüchtling war, der den Holocaust überlebt und sich im Alter von siebzehn Jahren als Heimatloser mutterseelenallein nach Boston durchgeschlagen hatte.

Ich dachte an mich selbst mit siebzehn Jahren – umgeben von Freunden, gehätschelt von der Familie, beschäftigt mit breiten Krawatten, unbeholfenen Tanzversuchen und Studentenverbindungskram. Ich kam mir naiv, schlapp und schwach vor. »Wie hast du das geschafft, Bob? Wer hat dir geholfen? Konntest du denn überhaupt Englisch?«

»Kein Wort. Mit einem Schulabschluss, der ungefähr eurem Eight-Grade entspricht, fing ich an der Boston Latin Highschool an. Ein Jahr später habe ich mich in Harvard immatrikuliert, und seither studiere ich Medizin.«

»Wie hast du das hingekriegt? Ich wäre bestimmt nie nach Harvard gekommen, wenn ich mich dort beworben hätte. Und wo hast du gewohnt? Mit wem? Hattest du Sponsoren? Verwandte?«

»So viele Fragen. Ich hab's allein geschafft – das ist die Antwort.«

Auf unserer Approbationsfeier, das weiß ich noch, standen meine Mutter, mein Vater und meine Frau mit unserem Baby im Kreis um mich herum; und dort, ganz hinten, stand Bob, im Abseits, wippte kaum merklich auf den Absätzen und drückte sein Diplom an sich. Nach der Approbation machte er zunächst eine Weiterbildung in der Inneren Medizin, wechselte dann zur Allgemeinchirurgie und schließlich zur Thorax- und Herzchirurgie. Einen Tag nach Beendigung seiner Facharztausbildung wurde ihm der Posten des Leiters der Herzchirurgie am Lehrkrankenhaus in Boston angeboten, und fünf Jahre später war er Professor für Chirurgie und Vorsitzender der Thorax- und Herzchirurgie an der Boston University. Eine Veröffentlichung jagte die andere, er unterrichtete und operierte unermüdlich. Er war der erste Arzt weltweit, der ein teilweise künstliches Herz mit positivem Langzeitverlauf implantierte. Und das alles ganz allein auf sich gestellt – er hatte alle im Holocaust verloren.

Aber er redete nie von seiner Vergangenheit. Ich brannte vor Neugierde, denn ich hatte bis dahin noch nie jemanden getroffen, der die Schrecken der Lager überlebt hatte, aber er würgte meine Fragen mit dem Vorwurf ab, dass ich ein Voyeur sei.

»Wer weiß«, ärgerte er mich, »wenn du dich anständig benimmst, erzähle ich dir irgendwann vielleicht mehr.«

Ich benahm mich anständig, aber dennoch gingen Jahre ins Land, bis er bereit war, Fragen zum Krieg zu beantworten. Als wir die sechzig überschritten hatten, stellte ich einen Wandel fest. Zunächst kam es mir so vor, als wäre er offener geworden und willens zu sprechen, und dann, mit zunehmendem Alter, war er fast schon versessen darauf, mir von den damaligen Schrecknissen zu berichten.

Aber war ich bereit zuzuhören? War ich jemals bereit gewesen zuzuhören? Erst nachdem ich meine psychiatrische Ausbildung begonnen, meine eigene Analyse gemacht und ein paar Feinheiten der zwischenmenschlichen Kommunikation verstanden hatte, begriff ich etwas Entscheidendes über meine Beziehung zu Bob. Es war nicht nur so, dass Bob über seine Vergangenheit schwieg: Es war auch so, dass ich nichts davon hatte wissen wollen. Was sein langes Schweigen betraf, hatten wir beide unseren Teil dazu beigetragen.

Ich weiß noch, wie ich als Teenager erstarrt, entsetzt und krank vor Ekel war, als ich die Nachkriegs-Wochenschauen verfolgte, welche die Befreiung der Konzentrationslager dokumentierten. Ich wollte hinschauen, ich hatte das Gefühl, ich sollte hinschauen. Dies waren meine Leute – ich *musste* hinschauen. Aber immer, wenn ich hinschaute, war ich bis ins Mark erschüttert, und bis zum heutigen Tag bin ich unfähig, mit diesen grausamen Bildern umzugehen – dem Stacheldraht, den rauchenden Öfen, den paar überlebenden Skelettgestalten in gestreiften Lumpen. Ich hatte Glück: Ich hätte eines dieser Skelette sein können, wären meine Eltern nicht emigriert, bevor die Nazis an die Macht gekommen waren. Und am Grausamsten von allem waren die Bilder der Bagger, die riesige Leichenberge bewegten. Einige dieser Leichen stammten aus meiner Familie: Die Schwester meines Vaters wurde in Polen ermordet und die Frau meines Onkels Abe und drei Kinder ebenso. Er war 1937 in die USA gekommen und wollte seine

Familie nachholen, doch die Zeit war ihm davongelaufen.

Die Bilder wühlten so viel Entsetzliches auf und erzeugten so schreckliche Phantasien, dass ich sie kaum ertragen konnte. Wenn sie mitten in der Nacht in meine Gedanken drangen, war es mit dem Schlafen vorbei. Und sie waren unauslöschlich: Sie verblassten nie. Lange bevor ich Bob kennenlernte, hatte ich mich schon entschlossen, diesem Portfolio in meinem Gedächtnis keine weiteren Bilder dieser Art hinzuzufügen, und ich begann, mich Filmen und schriftlichen Abhandlungen über den Holocaust zu verweigern. Von Zeit zu Zeit versuchte ich, mich der Vergangenheit mit größerer Reife zu stellen, was mir aber nicht gelang. Ich zwang mich dazu, ins Kino zu gehen, mir Filme wie »Schindlers Liste« und »Sophies Entscheidung« anzusehen, hielt es aber nie länger als eine halbe, höchstens eine dreiviertel Stunde aus, und jedes Mal, wenn ich das Kino verließ, gelobte ich mir aufs Neue, mir solche Qualen in Zukunft zu ersparen.

Die paar Vorfälle, von denen Bob mir erzählte, waren erschreckend. Eingebrannt in mein Gedächtnis ist eine Geschichte über seinen Freund Miklos, die er mir vor zwanzig Jahren offenbarte. Als Bob damals, im Alter von vierzehn Jahren, in Budapest lebte, wo er sich als Christ ausgab und für den Widerstand arbeitete, war ihm einmal zufällig Miklos über den Weg gelaufen. Er hatte ihn seit Monaten nicht mehr gesehen. Bob war entsetzt vom Aussehen seines Freundes: Er sah abgezehrt aus und war so zerlumpt, als sei er gerade aus einem Ghetto geflohen oder von einem Zug nach Auschwitz abgesprungen. Bob machte Miklos klar, dass er den Nazis so bestimmt schnell in die Hände fallen würde, und beschwor ihn, mit ihm zu kommen, einstweilen bei ihm zu wohnen, sich andere Sachen anzuziehen und sich gefälschte christliche Ausweispapiere zu besorgen. Miklos nickte, sagte aber, dass er zuerst noch etwas erledigen müsse, in zwei Stunden aber wieder an dieselbe Stelle zurückkehren wolle. Bob warnte ihn erneut vor der Gefahr und flehte ihn an, sofort mitzukommen, aber Miklos beharrte darauf, dass er sich mit jemandem wegen einer dringenden Angelegenheit treffen müsse.

Kurz vor der vereinbarten Verabredung gab es jedoch Fliegeralarm, und die Straßen waren wie leergefegt. Eineinhalb Stunden später, sofort nachdem die Sirenen Entwarnung gegeben hatten, rannte Bob zum Treffpunkt, aber Miklos tauchte nicht mehr auf.

Nach dem Krieg erfuhr er von Miklos' Schicksal aus dem Mund seines früheren Sportlehrers, Karoly Karpati, eines Juden, für den die antijüdischen Gesetze nicht galten, weil er als Ringer bei den Olympischen Spielen eine Goldmedaille für Ungarn gewonnen hatte. Als Karpatis Frau direkt nach der Entwarnung aus dem Schutzbunker gekommen war, hatte sie gesehen, wie eine Gruppe Nazis einen Jungen in den Treppenaufgang ihres Wohnhauses zerrte. Sie erkannte Miklos, blieb stehen und beobachtete aus der Ferne, was vor sich ging. Sie zogen ihm die Hose herunter, und als sie sahen, dass er beschnitten war, schossen sie ihm mehrmals in den Bauch. Miklos blutete stark, war aber bei Bewusstsein und bat um Wasser. Frau Karpati wollte ihm Wasser geben, aber die Nazis stießen sie fort. Sie blieb noch eine oder zwei Stunden in Sichtweite stehen, bis er verblutet war. Bob beendete seine Geschichte auf charakteristische Weise: Er gab sich selbst die Schuld, weil er Miklos nicht gezwungen hatte, sofort mit ihm zu gehen.

Diese Geschichte verfolgte mich jahrelang. Manche Nacht lag ich mit pochendem Herzen wach, während das Kino meiner Phantasie die Szene vom Mord an Miklos immer und immer wieder abspulte.

Und nun suchten wir uns, nachdem unsere Kommilitonen den Bankettsaal des Hotels unter gegenseitigen Versicherungen »Bis demnächst einmal« oder »Lass uns mal was miteinander machen« endlich verlassen hatten – auch wenn jeder einzelne dieser fünfundsiebzigjährigen, weißhaarigen Zausel tief in seinem Inneren bereits wusste, dass ein Wiedersehen höchst unwahrscheinlich war –, eine ruhige Ecke an der Hotelbar, um uns zu unterhalten. Wir bestellten Weinschorle, und Bob begann seine Geschichte.

»Vorige Woche war ich auf Geschäftsreise in Caracas.«

»Caracas? Wieso ausgerechnet Caracas? Bist du verrückt? Bei den politischen Zuständen?«

»Genau das ist der Punkt. Von unserer Gruppe wollte keiner hin. Sie hielten es für zu gefährlich.«

»Und für dich ist es das nicht – für einen fünfundsiebzigjährigen halben Krüppel mit drei Stents im Herzen?«

»Willst du jetzt die Geschichte hören, oder willst du bei deinem einzigen Freund wieder einmal Therapeut spielen?«

Er hatte Recht. Bob und ich neckten einander ständig. Eine Art des Umgangs, die nur für unsere Beziehung galt. Ich machte es bei keinem meiner

anderen Freunde. Ich bin sicher, dass unser Ge-
plänkel ein Zeichen großer Zuneigung war, vielleicht die einzige Möglichkeit, die wir fanden, einander nahe zu sein. Die Narben, die er als Kind
erlitten hatte, und seine zahlreichen Verluste hatten dazu geführt, dass er unfähig war, seine Ver-
letzlichkeit zu zeigen oder offen Zuneigung zu be-
kunden.

Unfähig, Frieden oder Sicherheit zu finden,
hatte er immer schon mit atemberaubender Ge-
schwindigkeit gearbeitet und mindestens siebzig
bis achtzig Stunden pro Woche im Operationssaal
oder bei der postoperativen Versorgung verbracht.
Obwohl er mit täglich zwei bis drei Operationen am offenen Herzen sehr gut verdiente, hatte
Geld für ihn nur einen geringen Stellenwert: Er
lebte genügsam und spendete den überwiegenden
Teil seiner Einkünfte nach Israel oder an Wohltä-
tigkeitsorganisationen für Opfer des Holocaust.
Als guter Freund lag ich ihm ständig mit seiner
Arbeitsüberlastung in den Ohren. Einmal verglich

ich ihn mit der Ballerina mit den roten Schuhen, die nicht aufhören konnte zu tanzen. Er reagierte sofort und sagte, dass bei ihm das genaue Gegenteil der Fall sei: Die Ballerina tanzte sich selbst zu Tode, aber er tanzte, um am Leben zu bleiben.

Sein erstaunlich fruchtbarer Geist schuf ständig neue Ideen, und er war berühmt dafür, dass er einen nicht enden wollenden Strom neuer chirurgischer Verfahren entwickelte, die das Leben schwerstkranker Menschen retteten. Als er sich aus der aktiven Chirurgie zurückzog, fiel er in eine lange, tiefe Depression, die er jedoch auf bemerkenswerte Art überwand. Er spezialisierte sich auf den Holocaust und beteiligte sich an der hitzigen Kontroverse darüber, ob die moderne Medizin Forschungsergebnisse der Nazis aus den Konzentrationslagern nutzen sollte. Letztendlich erledigte Bobs ausführliche Abhandlung im *The New England Journal of Medicine* die ganze Debatte, indem er bewies, dass die Forschungen der Nazis größtenteils Betrug waren. Aktivität und Effektivität machten seinen Depressionen schnell ein Ende.

Ständig produzierte er neue Konzepte zu verschiedenen Behandlungsmethoden oder neuen chirurgischen Gerätschaften oder Verfahren, die einem Dutzend Wissenschaftlern zur Ehre gereicht hätten. Erst vor kurzem hatte er bei der Entwicklung neuer Ansätze für eine sicherere konservative Behandlung des fortgeschrittenen Emphysems mitgewirkt. Er gehörte zu den Gründern einer Firma, die dieses Verfahren entwickelte, war viel herumgereist und hatte vor einer breiten Ärzteschaft Vorträge über seine Arbeit gehalten.

Ich wusste, dass er nicht aufhören konnte zu tanzen. Und ich konnte nicht aufhören, ihm nutzlose Ratschläge zu erteilen, es langsamer angehen zu lassen, das Leben zu genießen und sich Zeit zu nehmen, seine Freunde anzurufen. So zwanghaft aktiv und vertieft in seine Arbeit war er, dass er sich einmal in einem Krankenhaus wegen einer schweren Angina pectoris einen Herzkatheter legen ließ, ohne seine Familie oder seine Freunde darüber zu informieren. Ich wurde nicht müde, ihn zu ermahnen, sich mehr mitzuteilen, zu lernen, sich zu beklagen, um Hilfe zu bitten. Und er wurde nicht müde, meinen Rat in den Wind zu schlagen.

Aber jetzt, an jenem Abend unseres fünfzigjährigen Jubiläums, hatte sich etwas verändert. Zum ersten Mal bat er mich um Hilfe, und ich war entschlossen, sie ihm zu geben.

»Bob, erzähl mir genau, was in Caracas passiert ist.«

»Ich hatte gerade eine dreitägige Tour zu Ende gebracht. Sie war ein Erfolg: Die venezolanischen Ärzte waren von unserem neuen System zur Behandlung des Emphysems beeindruckt und wollten eine klinische Studie am Universitätskrankenhaus durchführen. Wegen des erheblichen Risikos von Raubüberfällen oder Entführungen folgten mir meine Medizinerkollegen während der ganzen Reise auf Schritt und Tritt. Bei unserem letzten Abendessen sagte ich ihnen allerdings, dass sie mich nicht zum Flughafen zu begleiten brauchten: Mein Flug ging ganz früh am Morgen, und das Hotel wollte für meinen Transport sorgen. Sie wollten es sich nicht ausreden lassen, aber ich bestand darauf und nahm die hoteleigene Limousine. Sie kam mir sicher vor.«

»Sicher? Sicher? Bei dem, was momentan in Venezuela los ist?« Seine Einschätzung ließ bei mir die Alarmglocken schrillen, und ich wollte schon loslegen, aber er drohte nur mit dem Finger und sagte:

»Geht das schon wieder los – zum Anmeckern brauche ich keinen Seelenklempner, so was krieg ich an jeder Straßenecke.«

»Es ist nur ein Reflex, Bob. Ich kann nichts dafür. Es macht mich nur verrückt, wenn ich höre, dass du dich einer solchen Gefahr aussetzt.«

»Irv, erinnerst du dich noch an gestern, als wir nach dem Mittagessen im Deli zum Auto gegangen sind?«

»Ja, ich erinnere mich an das Mittagessen. Aber

was hat die Tatsache, dass wir zum Auto gegangen sind, damit zu tun?«

»Weißt du noch? Wir bogen um eine Straßenecke und gingen durch die Seitenstraße zum Auto.«

»Richtig. Richtig. Ich hab dich noch angemeckert, weil du mitten auf der Straße gelaufen bist, und hab dich gefragt, ob es in Ungarn keine Gehwege gab.«

»Da war noch mehr.«

»Mehr? Was noch? Ach ja, später hab ich noch gesagt, dass es einem auf der Straße irgendwie sicherer vorkommt, weil man von dort einen größeren Blickwinkel hat.«

»Also, gestern war ich ja zu höflich, um es dir ins Gesicht zu sagen, aber du hattest vollkommen Unrecht: Es war genau das Gegenteil – ich ging auf der Straße, eben *weil* es gefährlicher war. Genau das ist der Punkt – und das hast du nie verstanden. Ich bin mit der Gefahr aufgewachsen. Sie ist bei mir einprogrammiert. Ein bisschen Gefahr beruhigt mich. Ich habe gerade erst herausgefunden, dass der Operationssaal quasi ein Ersatz für mein gefährliches Leben im Widerstand gewesen ist. Im Operationssaal lebte ich mit der Gefahr und sah ihr mit riskanten, aber lebensrettenden Herzoperationen ins Auge. Der OP war der Ort, an dem ich mich immer am wohlsten gefühlt habe. Muttermilch.« Kapiert?, fragte seine Miene.

»Ich bin nur ein Seelenspezialist, der mit gehfähigen Verletzten arbeitet. An solche extremen Störungen bin ich nicht gewöhnt.«

»In Wirklichkeit«, fuhr Bob fort und wischte damit meinen Kommentar beiseite, »habe ich mir jahrelang nicht eingestanden, dass ich anders war. Ich hielt es für ganz normal, dass einer, der sein Geld wert ist, in der Herzchirurgie arbeitet und das Spiel von Leben und Tod spielt: Diejenigen, die mit der Herzchirurgie nichts am Hut oder keinen Zugang zu diesem Fachgebiet hatten, verpassten für mich die größte Herausforderung, die einem das Leben stellt. Erst in den letzten Jahren habe ich meine Lust am Risiko mit meiner Vergangenheit in Verbindung gebracht. Vor ungefähr fünfundzwanzig Jahren gründete die Boston University in meinem Namen einen Stiftungslehrstuhl und brachte zu diesem Anlass eine schicke Hochglanzbroschüre heraus. Auf dem Cover war ich im Operationssaal zu sehen, umringt von Assistenten, alle in Chirurgentracht, mit allen Gerätschaften und so, und der Titel lautete: ›Um Leben zu retten, die nicht zu retten waren‹. Jahrzehntelang war dieser Titel in meinen Augen nichts als ein Trick der Madison Avenue gewesen, um mehr Geld aufzutreiben. Erst neulich ist mir klar geworden, dass wer immer diesen Text erfunden hat, mich besser kannte als ich mich damals selbst.«

»Ich habe dich vom Thema abgebracht. Reden wir wieder über Caracas. Was passierte, als dich die Limo am Morgen abgeholt hat?«

»Abgesehen davon, dass mich der Fahrer übers Ohr gehauen hat, verlief die Fahrt zum Flughafen ohne besondere Vorkommnisse. Ich bat den Fahrer, mich zum Haupteingang des Flughafens zu bringen, aber er meinte, dass es näher zum Check-in-Schalter sei, wenn er mich an einer Seitentür absetze. Als ich das Flughafenterminal betrat, sah ich den Schalter der Fluggesellschaft in nur vierzig oder fünfzig Metern Entfernung, und ich sah die Passagiere, die durch das Gate geleitet wurden. Ich war gerade ein paar Schritte gegangen, als ein junger Mann mit beiger Hose und weißem, kurzärmeligem Hemd auf mich zukam und mich in passablem Englisch bat, ihm mein Flugticket zu zeigen. Ich fragte ihn, wer er sei, und er sagte, er sei Sicherheitsbeamter. Ich wollte seinen Ausweis sehen, und er schnipste eine Plastikkarte aus seiner Hemdentasche mit spanischem Text und seinem Bild. Ich gab ihm mein Ticket. Er sah es sich genau an und wollte dann wissen, ob ich genug Geld hätte, um die Flughafensteuer zu bezahlen. ›Wie viel?‹ ›Sechstausend Bolivar‹, sagte er. Das sind an die zwanzig Dollar.

»Ich antwortete: ›Das ist okay.‹ Als er meine

Brieftasche mit dem Geld sehen wollte, versicherte ich ihm noch einmal, dass ich genügend Geld für die Flughafensteuer hätte. Dann sagte er mir, dass mein Flug verspätet sei und ich ihn die Treppe hinaufbegleiten und in einem anderen Wartebereich warten solle. Er sagte, dass er mir mit meinem Gepäck helfen wolle, und nahm meinen Koffer. Dann fragte er mich nach meinem Pass. Meinen Pass? Da klingelte es plötzlich bei mir. Mein Pass war meine Identität, meine Sicherheit, meine Fahrkarte in die Freiheit. Bevor ich damals meine amerikanische Staatsangehörigkeit und meinen Pass bekommen hatte, war ich ein nomadisierender, staatenloser Jude gewesen. Ohne Pass würde ich nicht nach Hause nach Boston kommen. Damit wäre ich abermals ein Vertriebener.

Etwas stank hier zum Himmel, das war mir klar, und ich schaltete auf Autopilot. Ich legte die Hand auf mein Handy an meinem Gürtel, sah ihn scharf an, legte meinen Finger auf die kurze Antenne, die oben rechts herausragte, und sagte: ›Das hier ist ein Funksender mit einer direkten Leitung zur Polizei. Geben Sie mir sofort den Koffer zurück, sonst drücke ich auf den Knopf. Ich werde die Polizei rufen.‹

Er zögerte.

›Ich rufe die Polizei‹, sagte ich. Und dann wiederholte ich lauter: ›Ich rufe die Polizei!‹

Er zögerte ein paar Sekunden, ich packte meinen Koffer, riss ihn ihm aus der Hand, fing zu brüllen an – ich weiß nicht mehr was – und rannte zum Sicherheitscheck. Als ich mich kurz umsah, sah ich, wie mein Mann genauso schnell in die entgegengesetzte Richtung rannte. Am Sicherheitscheck erzählte ich dem Beamten atemlos, was gerade passiert war. Er rief sofort die Polizei, und als er den Hörer auflegte, meinte er: ›Sie hatten sehr viel Glück. Beinahe wären Sie entführt worden. Im letzten Monat hatten wir am Flughafen sechs Entführungen, und von einigen Entführten fehlt seither jede Spur.‹«

Bob holte tief Luft, trank einen großen Schluck

Weinschorle und sah mich an: »So viel zu der Geschichte, die in Venezuela passiert ist.«

»Das ist wahrlich eine Geschichte!«, sagte ich. »Gibt es noch eine Fortsetzung davon?«

»Sie hat gerade erst angefangen. Eine Zeit lang war mir nicht wirklich klar, was eigentlich passiert ist. Ich konnte es einfach nicht abrufen: Ich war fassungslos, fühlte mich wie im Nebel. Aber ich wusste nicht, warum.«

»Immerhin war es eine Beinahe-Entführung – da wäre jeder neben der Spur.«

»Nein, wie ich schon sagte, ist das erst der Anfang. Hör zu. Ich kam ohne Probleme durch den Sicherheitscheck und war immer noch wie benebelt, als ich zum Gate ging und mich hinsetzte. Ich schlug ein Magazin auf, konnte aber kein einziges Wort lesen. Ich musste ungefähr eine Stunde warten, konnte keinen klaren Gedanken fassen und stieg dann wie ein Schlafwandler ins Flugzeug nach Miami.

In Miami hatte ich drei Stunden Aufenthalt und

setzte mich mit einer Cola Light still in einen bequemen Sessel. Und als ich eindöste, passierte es: Etwas, woran ich seit fast sechzig Jahren nicht mehr gedacht hatte, verschaffte sich wieder Zugang zu meinem Gedächtnis. Zuerst war es nicht richtig greifbar, aber ich hielt mich mit aller Kraft daran fest und bemühte mich, alle Einzelheiten zusammenzubekommen. Und dann sah ich es klar und deutlich vor Augen: ein Vorfall, der sich vor sechzig Jahren in Budapest zugetragen hatte, als ich fünfzehn gewesen war. Eine Flut von Bildern stürzte auf mich ein, und ich durchlebte jede Einzelheit noch einmal. Als ich dann ein paar Stunden später ins Flugzeug nach Boston stieg, war ich erleichtert und fast frei von Angst.«

»Erzähl mir, was du gesehen hast. Erzähl mir alles ... jedes kleine Detail.« Ich sah meine Aufforderung als einen Akt von Zuneigung und Freundschaft. Ich spürte, dass es für Bob eine Erleichterung wäre, sein Erlebnis mit mir zu teilen, doch mir graute vor dem, was ich zu hören bekommen sollte. Aber mir war auch klar, dass es an der Zeit war, meinen Freund in seinen Albtraum zu begleiten.

Mit einem letzten, großen Schluck leerte er sein Glas und lehnte sich zurück. Er schloss die Augen und erzählte.

»Ich war damals fünfzehn. Ich war aus einer Marschkolonne ausgebrochen, die die Nazis vom Ghetto zum Bahnhof trieben, um sie zu deportieren. Ich schlug mich wieder nach Budapest durch, wo ich als Christ mit falschen Ausweispapieren lebte. Alle in meiner Familie waren schon verhaftet und deportiert worden. Ich mietete mir ein Zimmer mit einem Freund, der 1942 aus der Tschechoslowakei nach Ungarn geflüchtet war. Er hatte schon einige Zeit mit falschen Ausweispapieren gelebt und kannte alle Schliche. Er nannte sich Paul. Ich weiß nicht mehr, welchen Familiennamen er benutzte, und seinen wirklichen Namen kannte ich gar nicht. Wir wurden sehr enge Freunde. Außer den Erinnerungen an ihn habe ich noch ein altes, verknittertes, vergrößertes Bild von ihm auf meinem Schreibtisch im Arbeitszimmer. Ich hatte noch einen anderen engen Freund, Miklos, den die Nyilas ein paar Monate vorher ermordet hatten...«

»Ich erinnere mich, dass du von deinem Freund Miklos erzählt hast. Er fiel den Nazis in die Hände und wurde erschossen. Aber das Wort ›Nyilas‹ kenne ich nicht. Was bedeutet es?«

»Die Nyilas waren die ungarischen Nazis. Es waren Unmenschen, eine Miliz bewaffneter Schläger, die die Straßen unsicher machte, Juden zusammentrieb und sie entweder gleich an Ort und Stelle ermordete oder sie in ihre Parteigebäude schaffte, dort folterte und dann abschlachtete. Sie gingen mit den Juden noch grausamer um als die Deutschen oder die ungarische Polizei. Der Begriff Nyilas stammt aus dem Ungarischen und bedeutet Pfeil. Ihr Wappen bestand aus zwei gekreuzten Pfeilen, ähnlich dem Hakenkreuz.

Paul und ich standen uns sehr nahe. Als wir von

einem Aufstand der Juden gegen die Nazis in der Slowakei hörten, wollten wir uns sofort dem dortigen Widerstand anschließen. Da ich kein Slowakisch sprach, hielt er es für das Beste, vorauszugehen und die Lage zu sondieren. Falls alles okay war, wollte er einen Untergrundkanal ausfindig machen, um nach Budapest zurückzukommen und mich zu holen. Ich begleitete ihn bis zum Budapester Hauptbahnhof, und als der Zug aus dem Bahnhof fuhr, war ich sicher, ihn in ein paar Wochen wiederzusehen. Aber ich habe nie wieder von ihm gehört. Nach dem Krieg habe ich nach Pauls Verbleib geforscht, aber keine Spur von ihm gefunden. Ich bin sicher, dass die Nazis ihn ermordet haben.

Ich erledigte mehrere Aufträge für die Widerstandsbewegung, und ich tat, was ich konnte, wenn sich die Gelegenheit dazu bot. Ich wurde ziemlich geschickt im Fälschen von Dokumenten für Juden, die als Christen durchgehen wollten. Tagsüber verdiente ich mir meinen Lebensunterhalt als Laufbursche in einer kleinen Fabrik, die Arzneimittel für die ungarische Armee herstellte.

Und jetzt werde ich dir erzählen, woran ich mich seit voriger Woche am Flughafen von Miami wieder erinnere. Ich war damals fünfzehn. Einmal war ich am Morgen spät dran und hatte es ziemlich eilig, zur Arbeit zu kommen. Unterwegs sah ich auf der anderen Straßenseite einen dieser Nyilas-Schläger – er trug ein Armeekäppi, einen Gürtel vom Militär, eine Pistole im Halfter und die Nyilas-Armbinde mit den beiden gekreuzten, schwarzen Pfeilen. Er hielt eine Maschinenpistole in der Hand, die er auf ein älteres, unglückseliges jüdisches Paar richtete, das einen Meter vor ihm herstolperte. Die Juden, sie waren so um die sechzig, trugen den obligatorischen zwölf Zentimeter großen, gelben Stern an der linken Brust. Der alte Mann war allem Anschein nach geschlagen worden, wahrscheinlich erst vor wenigen Minuten; sein Gesicht war so verschwollen und verfärbt, dass man seine Augen kaum erkennen konnte.

Seine Nase war ebenfalls geschwollen und blau-rot, stand schief zur Seite und blutete. Hellrotes Blut rann ihm von seinem grauen Haaransatz auf die Stirn und tröpfelte von da über sein Gesicht. Seine Ohren waren groß, rot und verstümmelt. Die Frau, die neben dem Mann ging, weinte. Ich sah, wie sie den Kopf drehte, um den Schläger an-zuflehen, doch der stieß ihren Kopf mit dem Kol-ben der Waffe einfach wieder zurück.

Vergiss nicht, dass so etwas damals nicht unge-wöhnlich war. Ich weiß, es ist schwer vorstellbar, aber das war in der ganzen Stadt mehrmals am Tag eine ganz normale Situation. Juden wurden häufig auf der Straße aufgegriffen und manchmal gleich an Ort und Stelle erschossen. Die Leichen blieben dann ein oder zwei Tage auf dem Straßenpflas-ter liegen, bis sie abgeholt wurden. Ohne jeden Zweifel sollte dieses Paar in ein Parteigebäude der Nyilas gebracht werden, wo es verhört, gefoltert, durch einen Kopfschuss hingerichtet oder mit ei-nem Klavierdraht an einem Haken an der Zimmerdecke aufgehängt werden würde. Oder sowohl erschossen als auch ertränkt – was zu den bevorzugten Methoden gehörte. Die Nyilas marschierten dann mit einer Gruppe Juden ans Donauufer, erschossen sie und warfen sie in den eiskalten Fluss. Manchmal banden sie auch drei Juden zusammen, erschossen nur einen, warfen aber alle ins Wasser. Die anderen beiden starben dann durch Ertrinken oder sie erfroren.«

Unwillkürlich zuckte ich zusammen, und mir war klar, dass sich das Bild dieser drei aneinandergebundenen, im eisigen Fluss treibenden Leichen in der kommenden Nacht in meine Träume drängen würde. Aber ich sagte nichts.

Bob merkte, wie ich zusammenzuckte, und schaute weg. »Man gewöhnt sich daran, Irv. Es ist schwer zu glauben, aber man gewöhnt sich daran. Nicht einmal ich kann heute noch glauben, dass das Ganze wirklich passiert ist, und trotzdem war es damals ein alltäglicher Vorfall. Ich habe mehrere dieser Massenerschießungen miterlebt und wusste, dass die Opfer, auch wenn die Schüsse nicht tödlich waren, keine Überlebenschance hatten, sobald sie ins eisige Wasser geworfen worden waren.

Am Kopf und am Ende einer jeden jüdischen Marschkolonne, die durch die Straßen von Budapest getrieben wurde, gingen immer Nyilas-Wachen. Manchmal, besonders abends, wenn es dunkel war, folgte ihnen ein Widerstandskämpfer (ich selbst habe das auch ab und zu gemacht), warf eine Handgranate auf die Wachen und hoffte, die Nyilas-Verbrecher zu töten. Natürlich tötete die Granate auch Juden, aber diese waren ohnehin dem Tod geweiht, und in dem Durcheinander gelang es manchmal ein paar von ihnen, zu fliehen. Solche Erinnerungen an meine Arbeit beim Widerstand bekomme ich nicht aus dem Kopf. Ich weiß, dass es dich entsetzt, so etwas anhören zu müssen, aber ich will dir sagen, dass dies die prägendsten Erlebnisse meines Lebens waren.

Ein weiterer Auftrag beim zionistischen Widerstand bestand darin, den Juden, die von Nyilas-

Schlägern durch die Straßen getrieben wurden, bis zu einem Parteigebäude der Nyilas zu folgen und sich die Adresse aufzuschreiben. Diese Häuser lagen überall in der Stadt verstreut, und wenn die Berichte der einzelnen Späher, von denen ich auch einer war, darauf hinwiesen, dass eine große Anzahl Juden in einem bestimmten Haus festgehalten wurde, haben wir dieses Gebäude angegriffen. Jüdische Jugendliche im Widerstand fuhren dann auf Motorrädern am Parteigebäude vorbei, warfen Handgranaten ins Haus und nahmen es mit Maschinenpistolen unter Feuer.

Obwohl wir normalerweise auf die oberen Stockwerke des Gebäudes zielten und die Gefangen sich im Keller aufhielten, war uns klar, dass auch Gefangene unter den Opfern sein würden, aber solche Gedanken verdrängten wir – die jüdischen Gefangenen waren so oder so verloren. Wir versuchten einfach nur, Nazis umzubringen. Und gleichzeitig hofften wir, dass in dem Durcheinander, das bei dem Angriff entstand, vielleicht ein paar jüdische Gefangene fliehen konnten. Insgesamt gesehen, waren unsere sporadischen Angriffe bestimmt nicht besonders wirkungsvoll, aber wenigstens haben wir damit gezeigt, dass mit uns zu rechnen war, und die Nyilas wussten, dass sie Juden nicht gänzlich ungestraft ermorden konnten; wir wollten ihnen klarmachen, dass sie ebenfalls in Gefahr waren.

Immer mehr Einzelheiten drangen in mein Gedächtnis. Ich weiß noch, dass ich zweimal kurz zu dem misshandelten Mann und seiner weinenden Frau hinüberschaute. Obwohl ich nur einen Moment stehen geblieben war und geschaut hatte, nicht länger als vielleicht drei oder vier Sekunden, war der Nyilas-Schläger auf mich aufmerksam geworden, richtete nun von der anderen Straßenseite die Waffe auf mich und bellte: ›Du da – du, sofort herkommen.‹

Ich überquerte die Straße und versuchte, lässig zu bleiben. Brenzligen Situationen und Todesgefahren gegenüberzustehen, war nichts Neues für mich, und deshalb bewahrte ich einen kühlen Kopf. Ich bin sicher, dass ich innerlich Angst hatte, aber ich konnte es mir nicht leisten, mich von ihr überwältigen zu lassen: Ich musste mich darauf konzentrieren, heil aus dieser Situation herauszukommen. Damals brauchte man eine ganze Menge Ausweise, wenn man sich auf die Straße wagte, und obwohl meine gefälscht waren, waren sie gut gemacht und wirkten echt. Er fragte mich, ob ich Jude sei. Ich sagte: ›Nein‹, und zeigte ihm ein Ausweispapier nach dem anderen. Er fragte mich, wo ich wohne und mit wem. Als ich ihm sagte, dass ich in einem Fremdenheim wohne, wuchs sein Misstrauen anscheinend, und er fragte: ›Wie das?‹ Ich erzählte ihm, dass ich in einer Fabrik arbeite, welche Arzneimittel für die Armee herstelle, und dass ich mit dem Geld meine arme, verwitwete Mutter und meine Großmutter unterstütze, die auf dem Land lebten. Und ich erzählte ihm auch, dass mein Vater ein ungarischer Soldat gewesen sei, der an der russischen Front im Kampf gegen die Kommunisten gefallen war. Aber nichts davon konnte diesen Dreckskerl beeindrucken. Seine Antwort war knapp: ›Du siehst wie ein Jude aus.‹ Dann richtete er seine Waffe auf mich und schnarrte: »›Du gehst da vorn mit den anderen zwei Juden mit. Und jetzt beweg deinen Arsch.‹«

Meine Angst wurde übermächtig. Bob sah, wie ich den Kopf schüttelte, und schaute mich fragend an.

»Das ist so grausam, Bob. Ich höre jedes Wort, das du sagst. Aber ich kann es kaum ertragen. Mein Leben war immer so sicher, so … so friedlich, so bar jeglicher Bedrohung.«

»Denk daran, dass ich tagtäglich mit solchen Vorfällen konfrontiert war. Als ich neben dem jüdischen Paar herging, war mir klar, dass ich schon jetzt in ziemlichen Schwierigkeiten steckte, aber es gab noch etwas, was mir plötzlich dämmerte. Ich hatte nämlich etwas in der Tasche, was mir wirklich gefährlich werden konnte: drei offizielle ungarische Gummistempel der Regierung. Ich hatte sie am Tag zuvor aus einem Geschäft gestohlen, das diese Stempel herstellte, weil ich noch am selben Abend meine Kumpels vom Widerstand treffen und Dokumente für Juden fälschen wollte, die eine christliche Identität annehmen wollten. Es war dumm von mir, wirklich dumm, den ganzen Tag mit derart belastendem Zeug herumzulaufen, aber ich war fest entschlossen, das zu erledigen, was ich in jener Nacht erledigen wollte. Wir alle lebten damals ständig am Rand des Abgrunds.

Das also war das wirklich große Problem. Ich wusste, dass sie mich durchsuchen würden, und wenn sie diese Stempel bei mir fänden, hätte ich gar keine Chance mehr. Null Chance. Sie würden mich beschuldigen, ein Spion zu sein oder für den Widerstand zu arbeiten. Sie würden mich foltern, um Informationen über den Widerstand herauszupressen – Standorte, die Namen meiner Kumpel. Nach der Folter würden sie mich erschießen oder aufknüpfen. Und ich hatte Angst davor, dass ich zusammenbrechen und reden könnte. Ich *musste* die Stempel loswerden.

Glücklicherweise hatte ich ein paar echte Geschäftsbriefe aus der Fabrik bei mir, die ich einwerfen sollte und die an das Hauptquartier der Armee adressiert waren. Als wir weitermarschierten, entdeckte ich einen Briefkasten auf der anderen Straßenseite, und ich realisierte, dass das die große Chance war, die ich mir nicht entgehen lassen durfte. Ich riss die Briefe an die ungarische Armee aus der Tasche, zeigte sie dem Nyilas und sagte, dass mein Boss mir aufgetragen hätte, sie heute noch aufzugeben, da sie Dosierungsanweisungen für Medikamentengaben enthielten, die an die russische Front geschickt wurden.

Ich sagte dem Nazi, dass ich diese beiden Briefe in den Briefkasten auf der anderen Straßenseite werfen müsse. Er senkte die Waffe, sah sich die Briefe genau an, nickte dann, warnte mich aber, nicht auf dumme Gedanken zu kommen. Als ich über die Straße zum Briefkasten ging, fischte ich die Gummistempel aus meiner Tasche – Gott sei Dank hatte ich nur das Gummiteil ohne den Holzgriff eingesteckt –, legte sie zwischen die Briefe, machte die Klappe des Briefkastens auf und ließ alles in den Blechbehälter fallen. Mir fiel ein Stein vom Herzen: Ich war ein wichtiges, belastendes Beweisstück losgeworden. Jetzt musste ich mich nur noch aus den Fängen dieser Bestie befreien und ihn davon überzeugen, dass ich kein Jude war. Denn es bestand immer noch die Möglichkeit, dass er mir die Hose hinunterzog und nachschaute, ob ich beschnitten war. Wie ich schon sagte, wusste ich, dass meine Chancen gleich null waren, falls sie die Stempel entdeckten, aber ich wusste auch, dass ich weniger als fünf Prozent Überlebenschance hatte, falls es ihm gelingen sollte, mich ins Parteigebäude zu schaffen.«

Ich konnte nicht mehr still sitzen. Ich war so aufgewühlt, mein Herz pochte so heftig, dass ich einfach etwas sagen musste, irgendetwas.

»Bob, ich habe keine Ahnung, wie du das geschafft hast – wie du das durchgestanden und dann noch all das in deinem Leben erreicht hast, was du erreicht hast. Wie hat es in dir ausgesehen? Wenn ich mich in deine Lage versetze, als Fünfzehnjähriger, den fast sicheren Tod vor Augen … also, ich meine, ich kann es mir eigentlich überhaupt nicht vorstellen. Als Teenager war mein größtes Trauma, dass ich zu Silvester vielleicht ohne Rendezvous dastehen könnte. Es ist armselig. Ich weiß nicht, wie du dem Tod einfach so ins Gesicht sehen konntest … ich meine, ich kann mich mittlerweile mit dem Gedanken an den Tod befassen: Ich bin sechsundsiebzig, ich habe gut gelebt, alle meine Hoffnungen haben sich erfüllt. Ich bin vorbereitet. Aber *damals*, mit fünfzehn … die paar Male, die ich mich daran erinnere, dass ich damals an den Tod dachte … es war wie – wie eine Falltür, die sich plötzlich unter mir auftat … zu schrecklich, um sich damit zu befassen. Ich meine, dass die Quelle deiner nächtlichen Ängste und Träume kein wirkliches Geheimnis ist. Ich bekomme es schon mit der Angst zu tun, wenn ich dir nur zuhöre, wie du mir von deinem Leben als junger Mensch berichtest. Wahrscheinlich träume ich heute Nacht von deinem Erlebnis.«

Bob klopfte mir auf die Schulter. *Man stelle sich vor: Er musste mich trösten.* »Man gewöhnt sich daran. Denk daran: Das war nur eine von vielen Situationen, die denkbar knapp ausgingen. Ich glaube, dass man sich sogar an eine übermächtige Todesgefahr gewöhnen kann. Und denk bitte auch daran, dass ich zu sehr mit dem Überleben beschäftigt war, um an den Tod zu denken. Es ging nur ums Überleben. Hätte ich mir damals Gefühle erlaubt – oder auch noch zwanzig Jahre später, hätte ich es nicht durchgestanden. Bist du jetzt bereit, dir den Rest anzuhören?«

Ich bemühte mich, mein Zittern zu verbergen, und nickte: »Natürlich.« Jetzt, da Bob mir endlich das Privileg gewährt hatte, mir seine Geheimnisse anzuvertrauen, beschloss ich, ihn niemals wieder am Erzählen zu hindern.

»Nachdem wir noch einmal ungefähr eine Viertelstunde weitergegangen waren«, fuhr er fort, »sah ich, wie ein ungarischer Polizist um die Ecke bog und auf uns zukam. Ich war mit den Nerven am Ende, und als ich ihn sah, ging mir wahrscheinlich auf, dass dies *die* Chance, meine einzige Chance war, mich zu retten, und ich sagte zu mir: ›Ich werde die Polizei rufen.‹

Ich rief ihn an: ›Herr Polizist, Herr Polizist, bitte, ich möchte mit Ihnen sprechen. Ich wollte gerade zur Arbeit gehen, und dieser Mann hier hat mich aufgehalten und mich nicht weitergehen lassen. Er will mich irgendwohin mitnehmen. Er behauptet, dass ich Jude bin, aber das stimmt nicht. Ich hasse Juden, und ich habe Ausweise, die beweisen, dass ich ein Christ bin. Wenn er mich nicht gehen lässt, verliere ich einen ganzen Tageslohn und kann kein Geld an meine verwitwete Mutter und an meine Großmutter schicken. Hier, bitte sehen Sie sich meine Ausweispapiere an. Ich bin Christ: Diese Papiere werden es Ihnen beweisen, und dann werden Sie mich zur Arbeit gehen lassen.‹ Ich hielt ihm meine Ausweispapiere hin und wedelte damit vor seiner Nase herum.

Als der Polizist sich beim Nyilas erkundigte, was für ein Problem es gäbe, schnauzte der Schläger ihn an: ›Er ist Jude. Ich werde mich um den da und die zwei anderen Juden schon kümmern.‹

›Aber nicht hier‹, herrschte der Polizist ihn an. ›Diese Straße ist mein Revier. Ich werde mich selbst darum kümmern.‹

Sie diskutierten kurz miteinander, bis dem Polizisten der Geduldsfaden riss, er seine Pistole zog und wiederholte: ›Das hier ist mein Zuständigkeitsbereich. Ich patrouilliere hier, und ich werde diesen Jungen mit aufs Polizeirevier nehmen.‹

Der Nyilas wurde erstaunlich kleinlaut und sagte nur noch, dass er mich dem Polizeibeamten übergeben werde, sich aber im Polizeirevier erkundigen wolle, ob ich wirklich dort abgeliefert worden sei. Dann marschierte er weiter und trieb das alte Paar mitten auf der Straße vor sich her. Der Polizist, der seine Pistole immer noch in der Hand hielt, befahl mir, vor ihm herzugehen. Ich drehte mich um und warf einen letzten Blick auf das todgeweihte jüdische Paar. Es gab nichts, was ich für sie tun konnte.

Zwischen den Nyilas und der Polizei herrschte eine ziemlich feindselige Atmosphäre: In den Augen der Polizei waren die Nyilas keine professionellen Aufpasser, sondern nichts als eine Horde Strolche, die widerrechtlich Polizeigewalt ausübten. Konfrontationen zwischen der Polizei und den Nyilas, wie ich sie provoziert hatte, waren an der Tagesordnung.«

Bob drehte sich zu mir um – bis jetzt hatte er die Augen geschlossen gehabt, während er erzählte, oder den Blick in die Ferne gerichtet, als träumte er. Seine Pupillen waren riesig, und ausnahmsweise schaute ich ihm direkt in die Augen und ermunterte ihn: »Und dann?«

»Der Polizist und ich gingen los, und nach der nächsten Straßenecke steckte er seine Pistole wieder in das Holster. Er stellte keine Fragen, und ich sagte auch nichts. Nachdem wir noch ein paar Straßen weitergegangen waren, schaute er sich um und sagte dann: ›Und jetzt hau ab und geh an deine Arbeit.‹ Ich bedankte mich bei ihm und sagte noch, dass ich ein ungarischer Patriot sei und dass meine Mutter es ihm nie vergessen würde. Ich ging weiter, wurde immer schneller, schaute mich aber nicht um. Kaum war ich um eine Ecke gebogen und außer Sichtweite des Polizisten, rannte ich fast, und als eine vorbeifahrende Straßenbahn langsamer wurde, sprang ich auf. Ich war davon überzeugt, dass mir jemand folgte. Ich entdeckte einen Polizisten, der im hinteren Teil des Wagens stand, und arbeitete mich langsam nach vorne durch. Nach ein paar Häuserblocks wurde die Straßenbahn wieder langsamer, ich sprang ab und nahm ein paar Umwege zur Arbeit in Kauf, bis ich sicher war, dass niemand hinter mir her war. Als ich in der Fabrik eintraf, in der ich arbeitete, fragte mich mein Chef, warum ich mich verspätet hätte.

Meine Antwort reichte ihm anscheinend, wonach mein üblicher Weg zur Arbeit blockiert gewesen sei, weil wegen des Bombenangriffs von letzter Nacht einige Straßen voller Schutt und deshalb gesperrt waren.

Das ist also die Geschichte.« Bob setzte sich auf und schaute mich wieder direkt an. »Was hältst du davon? Zu so etwas sagt man vermutlich Verdrängung, oder? Ein halbes Jahrhundert des Vergessens?«

»Zweifellos«, sagte ich. »Das klarste Beispiel für Verdrängung – und für Depression –, das ich je gehört habe. Eigentlich sollten wir die Geschichte für ein psychoanalytisches Lehrheft aufschreiben.«

»Nun ja«, meinte Bob, »vielleicht wusste dein Freud ja, wovon er sprach. Wusstest du übrigens, dass Freud einer von uns war? Fast wäre er Ungar gewesen – sein Vater kam aus Mähren, und die ganze Region gehörte damals zum österreichisch-ungarischen Kaiserreich.«

»Besonders interessant für mich ist der Auslöser, der es dir erlaubt hat, die Geschichte aus den Tiefen deines Unbewussten auszugraben. Der Ausspruch ›Ich werde die Polizei rufen‹ – das war das Bindeglied: Er hat dir vergangene Woche in Venezuela bei deiner Beinahe-Entführung das Leben gerettet, und es hat dir damals das Leben gerettet, als du fünfzehn Jahre alt warst. Sag mal, Bob, warum hat der ungarische Polizist dich eigentlich laufen lassen?«

»Ja, *Boychik*, das ist eine gute Frage. Eine Zeit lang hat mich das regelrecht verfolgt, aber dann ging das Leben weiter. Ich habe mir eine Menge Fragen gestellt: Wusste er, dass ich Jude war? War er ein anständiger Mensch, der eine anständige Tat begehen wollte? Hat er mir aus reiner Großzügigkeit das Leben gerettet? Oder war es so, dass er einfach keine Lust hatte, seine Zeit mit jemand so Unwichtigem wie mir zu verschwenden? Oder hatte das alles gar nichts mit mir zu tun – war es vielleicht reiner Zufall gewesen? Hatte ich einfach nur Glück gehabt und von seinem Hass auf die Nyilas profitiert? Ich werde es nie erfahren.«

»Kam anschließend noch etwas hoch?«, fragte ich. »Was ist in der Woche los gewesen, nachdem du wieder zurück warst?«

»Kaum war das Flugzeug gelandet, fuhr ich vom Flughafen direkt in mein Bostoner Büro (zwischen Boston und Caracas gibt es keinen Zeitunterschied). Meinen Kollegen erzählte ich nichts davon, weil eine Beinahe-Entführung die Gruppe vielleicht abgeschreckt hätte, die klinische Studie in Venezuela durchzuführen. In den nächsten beiden Wochen werde ich noch ein halbes Dutzend weiterer Städte besuchen.«

»Das ist verrückt, Bob. Was machst du da? Du bringst dich um! Du bist siebenundsiebzig. Ich bin schon erschöpft, wenn ich mir nur deinen Terminplan anhöre.«

»Ich weiß, dass die neue Technik Leuten helfen kann, die an einem Emphysem leiden, die nach Luft ringen und langsam aber sicher ersticken.

Das, was ich mache, mache ich gern. Was gäbe es Wichtigeres?«

»Bob, der Text ist ein anderer, aber die Musik ist dieselbe. Als du noch operiert hast, hast du vermutlich mehr Operationen am offenen Herzen geleitet als irgendein anderer Chirurg. Tag und Nacht – sieben Tage die Woche. Alles exzessiv. Nichts moderat.«

»Was für ein Seelenklempner-Freund bist du eigentlich? Warum hast du mich nicht davon abgehalten?«

»Ich habe getan, was ich konnte. Ich weiß noch genau, dass ich auf dich eingeredet habe, dich angemeckert, angebrüllt, gewarnt, ermahnt habe, und zwar genau bis zu dem Tag, an dem du mir eine Antwort gegeben hast, die mich kalt erwischte. Das habe ich nie vergessen.«

Bob schaute auf. »Was habe ich denn gesagt?«

»Das hast du vergessen? Nun, wir unterhielten uns darüber, aus welchen Gründen du so viel Zeit deines Lebens im Operationssaal verbringst. Das

Hauptargument, mit dem ich aufwartete, war gewesen, dass du im Operationssaal alles unter Kontrolle hast. Es neutralisierte dein Gefühl der Hilflosigkeit, die du damals empfunden haben musst, als du mit ansehen musstest, wie deine Familie und deine Freunde verschwanden. Obwohl du im Widerstand aufregende Momente durchlebt hast, warst du die meiste Zeit machtlos – wie Millionen Juden. Vor allem musstest du überleben. Seit damals bist du unstillbar aktiv. Du rettest Leben. Im Operationssaal hast du fast alles unter Kontrolle.

Das jedenfalls war meine Einschätzung«, fuhr ich fort. »Aber eines Tages hast du mir etwas anderes erzählt. Ich weiß noch genau, wann und wo das war. Wir waren bei dir zu Hause und saßen unter dieser riesigen Kreidezeichnung, auf der ein Berg verrenkter, nackter Leichen abgebildet ist. Das ist immer dein Lieblingsplatz gewesen. Du hattest mit dem Bild anscheinend keine Probleme. Ich konnte es allerdings nicht ertragen. Ich versteifte mich, wenn ich es sah, und wäre immer am liebsten in ein anderes Zimmer gegangen. Und genau dort hast du mir erzählt, dass du nur dann wirklich das Gefühl hast, am Leben zu sein, wenn du ein schlagendes menschliches Herz in deinen Händen hältst. Das hat jedes weitere Wort von mir im Keim erstickt. Darauf hatte ich keine Antwort.«

»Wie? Du hattest keine Antwort? Das sieht dir aber gar nicht ähnlich.«

»Was hätte ich denn sagen sollen? Im Endeffekt hattest du mir ja zu verstehen gegeben, dass du dich in der hauchdünnen Membran zwischen Leben und Tod aufhalten musst. Ich verstand, dass du diese Gefahr brauchtest, diesen Druck, um dieses tote Gefühl in dir zu überwinden. Das Entsetzen darüber, was du erlebt hast, hat mich damals mehr als je zuvor überwältigt. Dem hatte ich einfach nichts entgegenzusetzen. Ich wusste nicht, was ich sagen sollte. Wie konnte ich mit Worten gegen die Leblosigkeit ankämpfen? Ich glaube, ich hatte es mit Aktivitäten versucht. Wir hatten so schöne gemeinsame Erlebnisse, wir haben so viel unternommen – du und ich und dann unsere Frauen und unsere Kinder und unsere gemeinsamen Ausflüge. Aber war das für dich real? So real wie deine nächtliche Realität? Oder war es eher nebensächlich? Drang es nur wenige Millimeter tief ein? Mir ist klar, Bob, dass ich entweder tot wäre oder mir zumindest tot vorkäme, wenn ich das durchgemacht hätte, was du durchgemacht hast. Wahrscheinlich wollte ich dann auch ein schlagendes Herz in den Händen halten.«

Bob sah ergriffen aus. »Ich höre dich. Glaub ja nicht, dass ich dich nicht höre. Ich weiß, du denkst, dass ich mit meiner Hilflosigkeit ringe, mit der Hilflosigkeit aller Juden, Zigeuner, Kommunisten, die in Gewehrläufe geblickt haben oder in die Gaskammern marschiert sind. Du hast Recht: Ich weiß, dass ich mich stark fühle, wenn ich etwas leiste, wenn ich alles unter meine Kontrolle bringe, was im Operationssaal passiert. Und ich weiß, dass ich die Gefahr brauche, den Balanceakt auf dem dünnen Drahtseil zwischen Leben und Tod. Ich habe alles aufgenommen – alles, was du gesagt, alles, was du getan hast.«

»Aber«, fuhr Bob fort, »es gibt noch etwas, vielleicht etwas noch Größeres, wovon du bis jetzt noch nichts weißt. Etwas, von dem ich dir gleich erzählen werde. Dieses Etwas gibt es nur in meinem zweiten Leben – in meinem nächtlichen Leben. Es erschien in meinem Traum.«

Ich schaute überrascht auf. »Wie? Du willst mir einen Traum erzählen? Das hast du bis jetzt noch nie gemacht.«

»Betrachte es als Geschenk zu unserem fünfzigjährigen Jubiläum. Wenn deine Interpretation eine gute Note verdient, werde ich dir zu unserem fünfundsiebzigsten noch einen erzählen. Meine Träume ... sie handeln fast immer von zwei Themen – vom Holocaust oder vom Operationssaal. Entweder vom einen oder vom anderen, und manchmal verschmelzen sie ineinander. Und irgendwie führen diese Träume dazu, auch wenn sie noch so schrecklich, brutal, blutrünstig sind, dass ich wie neugeboren in den nächsten Tag starte. Sie sind wie ein Ventil, wie eine Art Mahlstrom, der schreckliche Erinnerungen zuerst zur Schau stellt und sie dann verschwimmen lässt.

Also zurück zur letzten Woche, zu dem Tag, der mit der Beinahe-Entführung in Caracas begann. Ich kam nach Hause und erzählte niemandem, was passiert war. Ich war erschöpft, zu müde, um etwas zu essen, schlief schon vor neun Uhr ein und hatte einen machtvollen Traum. Vielleicht habe ich ihn ja für dich geträumt – ein Geschenk an meinen Freund, den Seelenklempner. Das hier ist der Traum:

Es ist mitten in der Nacht. Ich bin im Wartebereich einer Notaufnahme, die wie die Notaufnahme im Boston City Hospital aussieht, wo ich viele Jahre viele Nächte zugebracht habe. Ich schaue Patienten an, die darauf warten, aufgerufen zu werden. Meine Aufmerksamkeit richtet sich auf einen al-

ten Mann, der auf einer Bank sitzt und auf dessen Mantel ein leuchtend gelber Stern prangt. Ich meine, ihn zu erkennen – aber ich bin mir nicht sicher, wo ich ihn hinstecken soll.

Dann bin ich plötzlich im Umkleideraum des Operationssaals und will mir einen OP-Kittel anziehen. Ich finde aber nirgends einen, und so laufe ich mit dem gestreiften Schlafanzug in den OP, den ich unter meinem Anzug trage. Die Streifen sind blau und grau – richtig, sie sehen wie die Sträflingskleidung in den Konzentrationslagern aus.

Der OP ist leer, unheimlich – keine Schwestern, keine Assistenten oder Techniker, keine Anästhesisten, keine mit blauem Stoff abgedeckten Gestelle, auf denen Operationsbesteck in Reih und Glied ausliegt, und – für meinen Beruf am wenigsten verzichtbar – auch keine Herz-Lungen-Maschine. Ich komme mir allein vor, verloren, verzweifelt. Ich schaue mich um. Die Wände des OP sind mit abgewetzten, gelben Lederkoffern zugestellt, die von einer Ecke zur anderen aufgereiht und vom Boden

bis zur Decke aufgestapelt sind. Es gibt keine Fens-
ter – überhaupt gibt es nicht einmal eine einzige
freie Fläche an der Wand für den Röntgenschirm –
nichts als Koffer – Koffer, die aussehen wie der,
den der alte Jude in Budapest in der Hand hielt,
als er von diesem verbrecherischen Nyilas mit der
Maschinenpistole im Anschlag vor ihm hergetrie-
ben wurde.

Auf dem Operationstisch sehe ich einen nackten
Mann liegen, der geräuschlos um sich schlägt. Ich
gehe zu ihm hinüber. Er kommt mir bekannt vor.
Es ist derselbe Mann, den ich in der Notaufnahme
gesehen habe. Und dann weiß ich wieder, dass er
der todgeweihte, alte Mann mit dem Koffer ist, den
ich auf dieser Straße in Budapest gesehen habe.
Jetzt blutet er aus zwei Einschusslöchern in einem
gelben Davidsstern, der auf seiner nackten Brust
festgenäht ist. Er muss sofort versorgt werden. Ich
bin ganz allein, keiner da, der mir helfen kann,
und kein Operationsbesteck. Der Mann stöhnt. Er
stirbt, und ich muss ihm die Brust öffnen, damit

ich an sein Herz kommen und die Blutung stillen kann. Aber ich habe kein Skalpell...

Als Nächstes sehe ich seinen weit geöffneten Brustkorb. Sein Herz, in der Mitte des Einschnitts zu sehen, ist schlaff und der Herzschlag schwach. Bei jedem Schlag spritzt hellrotes Blut von der Vorderwand des Herzens durch die beiden Einschusslöcher heraus, spritzt gegen die Glasabdeckung der OP-Leuchte, taucht das grelle Licht in einen roten Schleier und tropft dann auf die nackte Brust des Mannes zurück. Die Löcher im Herzen müssen geschlossen werden, aber ich habe keine Dacron-Pflaster, mit denen ich sie schließen könnte.

Dann halte ich plötzlich eine Schere in der rechten Hand und schneide einen runden Flicken aus meiner gestreiften Pyjamahose. Ich nähe das Pflaster über eines der Löcher im Herzen. Die Blutung stoppt. Das Herz füllt sich mit Blut, und der Herzschlag wird kräftiger. Aber dann schießen aus dem zweiten offenen Loch plötzlich Geysire aus Blut.

Der Herzschlag wird langsamer, und die Blutfontänen werden träge und spritzen nicht mehr bis zur Lampe, sondern tropfen zurück auf meine Hände, während ich arbeite. Ich lege eine Hand über das Loch und schneide einen zweiten runden Flicken aus meinem Pyjama. Ich nähe ihn an den Rändern des zweiten Lochs im Herzen fest.

Die Blutung stoppt wieder, aber nach kurzer Zeit entleert sich das Herz, der Herzschlag wird kraftlos und stoppt dann ganz. Ich versuche, das Herz zu massieren, aber meine Hände bewegen sich nicht. Inzwischen strömen Leute in den Operationssaal, der jetzt eher wie ein Gerichtssaal aussieht. Sie schauen mich alle anklagend an.

Ich wachte schweißgebadet auf. Mein Bettlaken und das Kissen waren klatschnass, und während ich allmählich zu mir kam, dachte ich immer noch: ›Hätte ich nur sein Herz massieren können, hätte ich ihm das Leben retten können.‹ Dann war ich plötzlich hellwach, erkannte, dass alles nur ein

Traum gewesen war, und ich fühlte mich weniger niedergeschlagen. Aber selbst im wachen Zustand sagte ich immer wieder leise zu mir: ›Hätte ich nur sein Leben retten können.‹«

»Hättest du nur sein Leben retten können, dann ... dann ... Bob, nicht aufhören.«

»Aber ich *konnte* sein Leben nicht retten. Ohne Instrumente. Nicht ein einziges Pflaster oder Nahtmaterial. Ich konnte es nicht.«

»Richtig, du konntest ihn nicht retten. Du warst im OP nicht darauf eingerichtet, um ihn retten zu können. Und du warst als fünfzehnjähriger verängstigter Junge, der sich an jenem Tag kaum selber hat retten können, auch nicht darauf eingerichtet. Ich glaube, das ist der Schlüssel zu dem Traum. Du hättest nichts anders machen können. Und trotzdem stellst du dich Nacht für Nacht selbst vor Gericht und erklärst dich für schuldig und hast dein ganzes Leben mit Sühne verbracht. Ich habe dich lange beobachtet, Robert Berger, und ich bin zu einem Urteil gekommen.«

Bob hob den Kopf. Ich hatte seine Aufmerksamkeit geweckt.

»Ich erkläre dich für unschuldig«, sagte ich.

Zum ersten Mal blieb Bob die Sprache weg.

Ich stand auf, zeigte mit dem Finger auf ihn und wiederholte: »Ich erkläre dich für unschuldig.«

»Ich bin mir nicht sicher, ob Sie alle Beweise gewürdigt haben, Herr Richter. Sagt der Traum denn nicht aus, dass ich ihn durch Selbstaufopferung hätte retten können? Im Traum zerschneide ich meine Gefängniskluft, um ihn zu retten. Aber vor sechzig Jahren in Budapest auf der Straße habe ich keinen weiteren Gedanken an den alten Mann und seine Frau verschwendet. Ich habe nur versucht, mich selbst zu retten.«

»Aber Bob, der Traum beantwortet deine Frage. Explizit. Im Traum hast du alles hergegeben, was du hattest. Du hast sogar deine eigene Kleidung zerschnitten, und es hat *immer* noch nicht gereicht. Sein Herz blieb trotzdem stehen.«

»Ich hätte etwas tun können.«

»Hör auf den Traum: Seine Wahrheit kommt aus deinem Herzen. Du konntest ihn nicht retten. Und die anderen auch nicht. Damals nicht und heute nicht. Du bist unschuldig, Bob.«

Bob nickte langsam, blieb eine Weile still sitzen und schaute dann auf die Uhr. »Elf. Um diese Zeit bin ich sonst immer schon im Bett. Ich gehe jetzt *schlufen*. Wie hoch ist dein Honorar?«

»Astronomisch. Das kann ich ohne Taschenrechner gar nicht ausrechnen.«

»Egal, wie viel es ist: Ich werde es kurz mit meinen nächtlichen Geschworenen besprechen. Vielleicht verleihen sie dir ja einen Orden oder vielleicht ein Bagel mit Lachs zum Frühstück.«

Er drehte sich zu mir um, schaute mich direkt an, und wir umarmten uns so lange wie noch nie. Dann wanderte jeder von uns unserer Nacht der Träume entgegen.

Der Geschichtenerzähler
von Annette Schäfer

Den Namen Irvin Yalom kann man mit zwei Leistungen in Verbindung bringen: Als Wissenschaftler hat er vielbeachtete Ansätze zur Gruppentherapie und zur existenziellen Psychotherapie entwickelt. Und er ist der Autor populärer Romane und Kurzgeschichten, die eine breite Leserschaft in aller Welt erfreuen. Auf den ersten Blick scheinen dies sehr unterschiedliche Karrieren zu sein. In Wirklichkeit aber läuft in seinem beruflichen Leben fast alles auf einen Fixpunkt hinaus: seine Liebe zur Literatur.

Die Matadero Avenue in Palo Alto ist eine erstaunlich ruhige Straße. Sobald man vom lebhaften El Camino Real, der Hauptstraße des Silicon Valley, abgebogen ist, fühlt man sich in einer anderen Welt. In der Seitenstraße, die ins Nirgendwo zu führen scheint, hört man außer Vögeln und Grillen nicht viel. Villen unterschiedlicher Größe und Architektur liegen verschlafen in der kalifornischen Nachmittagssonne. Auf einem Spielplatz tobt ein Vater mit seinen Kindern; ein Handwerker kümmert sich um einen kaputten Zaun. Ansonsten ist es menschenleer.

Hier wohnen gutverdienende Manager von Hightechfirmen und Professoren der nahegelegenen Stanford-Universität. Irvin Yalom dürfte einer der prominentesten Bewohner sein. In einer Umfrage unter amerikanischen Psychologen wurde er kürzlich unter die drei wichtigsten lebenden Therapeuten gewählt. Seine Lehrbücher über Gruppentherapie und existenzielle Psychotherapie sind in den

USA Klassiker. Millionen Leser in aller Welt kennen seine Kurzgeschichten und Romane.

Das Domizil von Yalom und seiner Frau Marilyn (die eine angesehene Literaturwissenschaftlerin ist) liegt fast ganz am Ende der langen Straße. Von der Straße aus sieht man nur prächtige alte Bäume und wild wachsende Blumen. Ein Weg führt zu zwei Gebäuden. Neben dem sandfarbenen, mexikanisch anmutenden Wohnhaus liegt ein kleiner Bau, in dem Yaloms Arbeitszimmer untergebracht ist. Hier empfängt er Patienten und schreibt seine Bücher. Die Tür steht offen; nur ein Fliegengitter schirmt den Raum vom Garten ab. Man sieht einen großen, von Unterlagen überquellenden Schreibtisch am Fenster, zwei Sessel, gut gefüllte Bücherwände; es ist gemütlich, ruhig und kühl. Eine gute Umgebung, um nachzudenken, zu schreiben und ernsthafte Gespräche zu führen.

Wenn man Irvin Yalom das erste Mal begegnet, meint man fast, einen alten Bekannten zu treffen, denn in seinen Büchern gibt er sehr viel Persönliches über sich preis. In einer Reihe seiner Kurzgeschichten ist er selbst der Protagonist. So erzählt er beispielsweise in einer Geschichte seine Nöte als Therapeut, der eine tiefsitzende Abneigung gegenüber dicken Frauen hat und nun mit einer übergewichtigen Patientin umgehen muss. Diese Geschichten sind menschlich, einfühlsam, dabei durchzogen von Situationskomik und Humor. Der reale Yalom stellt sich als ruhiger, zurückhaltender Mann heraus. Mit seinem dezenten Outfit, dem grauen Bart und der altmodischen Brille wirkt der 77-Jährige eher unauffällig; seine Bewegungen sind sparsam, und er spricht mit leiser Stimme. Aufgrund der Schilderungen in seinen Büchern hätte man ihn sich etwas raumgreifender, etwas schillernder vorgestellt, doch sein Faible für das Fabulieren wird auch im persönlichen Gespräch offenbar. In seine Antworten streut er immer wieder Beschreibungen von Menschen ein, die bei ihm Rat und Unterstützung suchen. Beispielsweise erzählt er von einem Mann, der in einer obsessiven Liebe zu einer Exfreundin gefangen war, oder von der Therapeutin, die tödlich erkrankt ist und nun Abschied von ihren Patienten nehmen muss. Diese Art der Darstellung ist anschaulich und fesselnd. »Ich bin ein Geschichtenerzähler, war es immer«, sagt Yalom über sich selbst. »Das ist, was ich am besten kann.«

Für einen Mann, der drei Jahrzehnte Psychiatrie-professor an der renommierten Stanford-Univer-sität war, ist dies ein bemerkenswerter Satz. In der akademischen Welt zählen Phantasie, Erzähl-talent und die Fähigkeit, persönliche Erfahrungen in schöne Sätze zu fassen, normalerweise nicht viel. Von Wissenschaftlern, die Karriere machen wollen, wird verlangt, dass sie ihre Forschungser-gebnisse in nüchterne, mit Fachbegriffen gespickte Texte packen und in wissenschaftlichen Journalen veröffentlichen. Auch Yalom hat sich eine Zeitlang der Notwendigkeit gefügt, Fachartikel zu produzieren. Doch schon sehr früh in seiner Karriere hat er einen ganz eigenen Weg eingeschlagen und seine wissenschaftlichen Ambitionen mit seinem literarischen Talent vereint. Die Liebe zur Literatur zieht sich wie ein roter Faden durch sein Leben. Sie diente ihm als soziales und intellektuelles Sprungbrett, bestimmte seine Berufswahl und prägte den therapeutischen Ansatz, für den er steht.

In seinem Elternhaus gab es praktisch keine Bücher. Als Kind russischer Einwanderer wuchs er in einem heruntergekommenen Schwarzenviertel in der Mitte von Washington D.C. auf. Seine Eltern hatten keinerlei formale Ausbildung. Der Kampf um das wirtschaftliche Überleben nahm sie gänzlich ein; den größten Teil des Tages verbrachten sie in dem kleinen Getränke- und Lebensmittelladen, den sie betrieben und über dem die Familie wohnte. Yalom erinnert sich, dass seine Schwester und er fast jede Mahlzeit allein einnahmen. Seine Umwelt erlebte er als unangenehmen und gefährlichen Ort. Vor den Ratten und Kakerlaken im Haus ekelte er sich. Auf der Straße wurde er von Schwarzen drangsaliert, weil er weiß war, in der Schule von den Weißen wegen seines jüdischen Hintergrunds.

Lesen bedeutete Ruhe vor Angriffen und Foppereien. Die Literatur wurde zu seinem virtuellen Zufluchtsort: »Ich fand eine alternative, befriedigendere Welt, eine Quelle von Inspiration und Weisheit.« Er war ein unersättlicher Leser und deckte sich in der öffentlichen Bibliothek mit Lesematerial ein. Er entdeckte die großen russischen Autoren, die er noch heute für erstklassige Psychologen hält, und las sich von A bis Z durch das riesige Regal von Biografien, das er in der Bücherei vorfand. Er versuchte sich auch selbst als Literat, schrieb Gedichte und kleine Geschichten. Wenn in der Schule ein Aufsatz auf der Tagesordnung stand, waren es meist seine Arbeiten, die gelobt und vor der Klasse vorgelesen wurden.

Nach der Highschool musste er sich für einen beruflichen Weg entscheiden. Heraus aus dem Ghetto, war seine oberste Prämisse. Dabei ging es weniger um den ökonomischen Aufstieg. Die Familie lebte mittlerweile recht komfortabel von ihrem Geschäft und war in eine bessere Gegend umgezogen. Doch Yalom wollte der geistigen Enge zu Hause entfliehen. Seine Eltern beschreibt er als sehr provinzielle Leute, die ganz in der Gemeinschaft russischer Juden lebten und es nicht gern sahen, wenn er sich mit anderen traf. Er aber wollte seine Perspektive erweitern: »Es war das intellektuelle, das literarische Leben, das mich lockte.«

Für einen intelligenten und ambitionierten jungen Mann mit seinem Hintergrund gab es zu diesem Zeitpunkt nur zwei Alternativen: Wirtschaft oder Medizin. Yalom entschloss sich, zur *Medical*

School zu gehen. Seit einem Herzinfarkt des Vaters, den er als 14-Jähriger miterlebte und bei dem der herbeigeeilte Arzt großen Eindruck auf ihn gemacht hatte, zog ihn die Vorstellung an, als Arzt menschliche Pein lindern zu können. Aber was war mit seiner großen Sehnsucht nach der Literatur? Er fand einen Weg, seine beiden Wünsche zu verbinden. Innerhalb der Medizin schien ihm die Psychiatrie am nächsten bei Tolstoi und Dostojewski zu liegen: »Ich überlegte mir, wenn ich in die Psychiatrie gehe, wird mich das immer näher und näher zur geistigen Welt bringen. Letztlich hat mich die Liebe zur Literatur zur Psychiatrie gebracht.«

In der Rückschau ist sein Plan ziemlich perfekt aufgegangen. Seine Arbeiten gelten als originelle Verbindung von Psychologie und Literatur. Die *New York Times* beispielsweise schrieb über ihn, er beweise, »dass Psychotherapie in den Händen eines fähigen Autors den Stoff für die großartigste und einfallsreichste Belletristik liefern kann«. Zunächst allerdings erwischte er keinen guten Start. Das erste Jahr, das der 21-Jährige an der *Medical School* der George-Washington-Universität in Washington verbrachte, stellte sich als schlimmstes Jahr in seinem Leben heraus. Marilyn, damals noch seine Freundin, mit der ihn seit seinem fünfzehnten Lebensjahr eine Seelenverwandtschaft und enge Liebesbeziehung verband, verbrachte zwei Semester an der *Sorbonne*. Zwar schloss er Freundschaft mit ein paar Kommilitonen, aber zu den Professoren hatte er keinerlei persönlichen Kontakt. Einsamkeit, Lernstress und Versagensangst schienen ihn fast zu überwältigen.

Der Wendepunkt kam, als er an die *Boston University* wechselte und mit seiner psychiatrischen Ausbildung begann: Er entdeckte, dass er mit seinen Geschichten auch in der akademischen Welt landen konnte. Am Anfang des Semesters wurde jedem Studenten ein Patient zugewiesen, den es zu therapieren galt. Nach einigen Wochen war der

Fall dann einer illustren Runde von Ärzten und Psychoanalytikern vorzustellen. Yalom betreute eine junge Frau, die ihm in der ersten Therapiesitzung erzählte, dass sie lesbisch sei. Da er nicht wusste, was dies bedeutete, entschloss er sich, seine Wissenslücke ehrlich zu offenbaren, und bat sie, ihn aufzuklären. Daraufhin entwickelte sich eine enge Beziehung zwischen ihnen: Sie informierte ihn darüber, was es heißt, homosexuell zu sein; er bemühte sich, ihr, so gut er konnte, bei ihren Problemen zu helfen. Seiner Präsentation des Falles sah er dennoch mit Schrecken entgegen, denn die Analytiker liebten es, mit komplizierten Formulierungen um sich zu werfen und den Vortrag des Studenten auseinanderzunehmen. Als Yalom aufgerufen wurde, trat er die Flucht nach vorn an. Er erzählte den Fall wie eine Geschichte: Wie sah die Patientin aus, was passierte bei der ersten Begegnung, wie hatte er sich gefühlt, wie verlief die Beziehung weiter? Er benutzte noch nicht einmal Notizen. Am Ende seines Berichtes war kein Ton im

Auditorium zu hören. Dann meldete sich der erste Analytiker zu Wort und sagte so etwas wie: »Diese Präsentation spricht für sich selbst. Das ist eine bemerkenswerte Beziehung, zu der es nichts hinzuzufügen gibt.« Die Kommentare der anderen fielen ähnlich aus. Noch heute, mehr als 50 Jahre später, erinnert sich Yalom, wie leicht es ihm gefallen war, die Geschichte zu erzählen: »Es war ganz natürlich für mich. Dies war ein großes Aha-Erlebnis: In diesem Moment wusste ich, dass ich meinen Platz in der Welt gefunden hatte.«

Seitdem hat er praktisch nie wieder aufgehört, Geschichten zu erzählen. Als er selbst Professor wurde, Vorlesungen hielt und Fallpräsentationen leitete, sicherte er sich so die Aufmerksamkeit seiner Studenten. Vor allem aber ließ er sein erzählerisches Talent und sein Wissen über Literatur in Bücher einfließen. Dabei befreite er sich immer mehr von den Fesseln der wissenschaftlichen Schreiberei und entwickelte eine ganz eigene Darstellungsform, die komplexe psychologische Sachverhalte auf literarische und unterhaltsame Weise präsentierte.

Der erste große Schritt war sein Lehrbuch über Gruppentherapie, das er 1970 veröffentlichte. Sein Interesse an Gruppen hatte während der Wehrdienstzeit, die er nach Abschluss der Arztausbildung absolvierte, begonnen. Während eines zweijährigen Einsatzes an einem Armeekrankenhaus auf Hawaii führte er Gruppentherapien mit erkrankten Soldaten durch und leitete Ausbildungsgruppen für junge Ärzte. Kurz danach wurde er Assistenzprofessor in Stanford und stieg noch tiefer in die Arbeit mit und Forschung über Gruppen ein. Da lag die Idee nicht fern, seine Erfahrungen in ein Buch zu fassen. Er startete mit zwei Kapiteln, in denen er in typisch wissenschaftlicher Manier die Literatur zum Thema vorstellte und Forschungsergebnisse präsentierte. Dann erfuhr er, dass er in Stanford zum Professor auf Lebenszeit ernannt worden war.

»In diesem Moment entschloss ich mich, den Rest auf andere Art zu schreiben, in einer leserfreundlichen Art zu kommunizieren.« Das Buch *Theorie und Praxis der Gruppenpsychotherapie* stellte sich als außerordentlich erfolgreich heraus: Es liegt mittlerweile in der 5. Auflage vor und wurde in 17 Sprachen übersetzt. Das mag an Yaloms menschenfreundlichem Ansatz liegen, bei dem der Therapeut eine offene, ehrliche Beziehung zu den Patienten sucht und sich nicht hinter der Maske des distanzierten Experten versteckt. Es hat aber zweifellos auch mit der Art der Präsentation zu tun. Immer wieder hat Yalom von Studenten und Therapeuten den Satz gehört: »Wir lieben das Buch, weil es sich liest wie ein Roman.«

Auch inhaltlich ließ sich Yalom stark von der Literatur beeinflussen. Dies spielte insbesondere bei seinem zweiten großen Thema, der existenziellen Psychotherapie, eine Rolle. Bereits als Jugendlicher hatte ihn die psychologische Beobachtungsgabe der existenzialistischen russischen Schriftsteller fasziniert. Während seiner Zeit als Assistenzarzt hatte er sich intensiv mit Camus und Kafka befasst, über die seine Frau zu diesem Zeitpunkt gerade promovierte. Er stellte fest, dass er bei ihnen außerordentlich viel über die menschliche Natur und psychische Probleme lernen konnte – mehr als von Lehranalytikern, bei denen er eine traditionelle, 700-stündige Lehranalyse absolvierte und deren distanzierte, nüchterne Herangehensweise ihm wenig hilfreich erschien.

Die großen Autoren beschäftigten sich mit Fragen nach Sinn, Freiheit, Einsamkeit und Tod, die in der traditionellen Psychiatrie nicht thematisiert wurden, die aber für seine Patienten – und auch ihn selbst – wichtig waren. Zehn Jahre nahm er sich Zeit, seine umfangreichen Recherchen in einem Lehrbuch zusammenzufassen und in einen integrativen Ansatz einzubetten. In *Existenzielle Psychotherapie,* das 1980 erschien, stützt sich Yalom neben seinen klinischen Erfahrungen auf zahlreiche literarische und philosophische Quellen. Virginia Woolf, Thornton Wilder, Hannah Arendt, Samuel Beckett und Ernest Hemingway sind nur einige der Publizisten, auf die er sich bezieht. »Ich will den Lesern klarmachen«, erläutert er seinen Ansatz, »dass sich große Denker mit den gleichen Problemen und Fragen herumgeschlagen haben, mit denen auch sie kämpfen. Das ist für viele Menschen sehr beruhigend.«

Seine zwei Lehrbücher machten ihn unter Therapeuten weithin bekannt. Der Start seiner literarischen Karriere – und die eigentliche Befreiung als Autor – kam aber mit *Die Liebe und ihr Henker,* in dem er seine Erfahrungen mit Patienten in unterhaltsame, nachdenkliche Kurzgeschichten gießt. Bereits einige Jahre zuvor hatte er sich in einem Buch, das er zusammen mit einer Patientin geschrieben hatte, in einem literarischen Stil geübt. Doch erst mit dem Kurzgeschichtenband ließ er sich ganz auf eine narrative Erzählweise ein. Dabei scheute er sich nicht, die allzu menschliche Seite von Therapeuten zu beschreiben, ihre Frustrationen und Irritationen, ihre Eitelkeiten und Machtphantasien. Mancher Kollege war darüber nicht erfreut. »Es war wunderbar befreiend, dieses Buch zu schreiben«, so Yalom. »Aber ich bin für meine Offenheit auch ganz schön kritisiert worden.« Eine breite Leserschaft hat es ihm gedankt. Eigentlich als Lehrstücke für Therapeuten gedacht, fanden seine Kurzgeschichten zahlreiche Fans auch außerhalb der Psychologenszene, und das Buch entwickelte sich bald zu einem internationalen Bestseller.

Der Erfolg gab Yalom Mut, sich an die Königsdisziplin der Belletristik zu wagen: den Roman. Drei Stück hat er bis heute zu Papier gebracht. Auch sie kreisen um die Fragen, die ihn am meisten interessieren: die Beziehung zwischen Therapeut und Patient, den Umgang mit Liebe, Einsamkeit und der eigenen Sterblichkeit, die Lebensweisheiten der großen Philosophen. Den Einstieg als Romanautor hat er durchaus als Herausforderung empfunden. Insbesondere sein zweiter Roman *Die rote Couch,* in dem er sich nicht wie in seinem ersten Buch *Und Nietzsche weinte* (das von Friedrich Nietzsche und dem Freud-Mentor Josef Breuer handelt) an realen Personen festhalten konnte, sei ein Sprung ins kalte Wasser gewesen, sagt er. Doch insgesamt, betont er, sei das Schreiben eine beglückende Tätigkeit für ihn: »Meist fließt es einfach aus mir heraus; ich habe selten eine Schreibblockade.«

Das heißt nicht, dass er niemals mit einem Buchprojekt kämpfen müsste. Bei seinem jüngsten Werk *In die Sonne schauen* beispielsweise, in dem er sich mit der Angst vor dem Tod auseinandersetzt, musste er seine ursprüngliche Idee, eine Serie von sechs miteinander verbundenen, aber in unterschiedlichen Jahrhunderten spielenden Kurzgeschichten zu schreiben, umwerfen. »Ich habe Monate zugebracht, für die erste Geschichte über den Philosophen Epikur zu lesen, zu recherchieren, was Griechen zum Frühstück aßen und wie ihre Cafés aussahen«, erzählt er. »Da wurde mir klar, dass ein Buch über mehrere Epochen einfach zu aufwendig ist.« So entschied er sich, ein Sachbuch zu schreiben. Das hat er in typisch Yalomscher Weise durch zahlreiche Geschichten aus seiner Praxis und literarische Zitate belebt.

Ein ganzes Kapitel ist seinen eigenen Erfahrungen mit Sterblichkeit und Todesangst gewidmet: Er schreibt dort über den Schreck des Fünfjährigen über das Ableben der Hauskatze Stripy, die Therapie, die er begann, als er während seiner Arbeit mit Krebspatienten von eigenen Ängsten überschwemmt wurde, über ein schreckliches Wochenende, an dem er sich mit der Möglichkeit auseinandersetzen musste, tödlich erkrankt zu sein, und über den Schmerz, irgendwann einmal seine Frau zurücklassen zu müssen. Auch im persönlichen Gespräch redet er ganz offen über sich selbst. Er erzählt, dass er heute mit 77 Jahren weniger unter Angst vor dem Tod leide als vor 10 oder 20 Jahren: »Wenn einen der Gedanke an das eigene Ende quält, hat das oft mit dem Gefühl zu tun, nicht genug aus seinem Leben gemacht zu haben. Ich aber fühle heute sehr stark, dass ich alles erreicht habe, was in mir war. Ich bin sehr zufrieden mit meiner Lebensbilanz.« Das Bewusstsein der eigenen Sterblichkeit habe sein Leben reicher gemacht, sagt er, denn er habe gelernt, jeden einzelnen Moment zu schätzen. Es ist bemerkenswert, wie Yalom mit solchen Sätzen eine Atmosphäre von Vertrauen und Natürlichkeit schafft. Angesichts seiner Bereitschaft, Persönliches zu erzählen, fühlt man sich auf geheimnisvolle Art eingeladen, auch etwas über sich preiszugeben. Yalom ist sich dieser Wirkung bewusst; nicht ohne Grund ist Selbstoffenbarung eine zentrale Säule seines therapeutischen Konzeptes: »Ich glaube fest daran, dass man sich Menschen gegenüber authentisch verhalten muss, wenn man bei ihnen eine Veränderung herbeiführen will.«

Bei vielen seiner Leser ist ihm das offenbar gelungen, wenn man den zahlreichen E-Mails und Briefen glaubt, die er aus aller Welt erhält. Darin berichten Therapeuten und Studenten, aber auch fachfremde Leute, wie sehr ihnen seine Bücher weitergeholfen haben, und fragen auch schon mal um Rat. Er versucht, jedem zu antworten, zumindest ein paar Zeilen. Den Austausch mit Lesern empfindet er fast wie eine virtuelle Praxis, einen virtuellen Vorlesungssaal. 1994 hat er sich in Stanford frühzeitig emeritieren lassen, unter anderem deshalb, weil die Psychiatriestudenten mehr Interesse an Pharmakologie als an therapeutischen Ansätzen hatten. Er vermisse die Lehre nicht, sagt er: »Heute betrachte ich das Schreiben als meine Art des Lehrens.«

Irvin D. Yalom und Marilyn Yalom

Unzertrennlich

Über den Tod und das Leben

320 Seiten, btb 75921
Übersetzt und mit einem Nachwort
von Regina Kammerer

Spiegel-Bestseller

Irvin D. Yalom, einer der angesehensten Psychotherapeuten
Amerikas, wird am 13. Juni 2021 neunzig Jahre alt. Er gilt als
Klassiker der existentiellen Psychotherapie, seine Lehrbücher
und Romane erscheinen weltweit und erreichen Millionen.
Seine Frau Marilyn Yalom, eine renommierte
Kulturwissenschaftlerin und Autorin, starb im letzten Herbst
nach 65jähriger Ehe. Als klar war, dass ihre Krankheit zum Tode
führen würde, begannen beide ein Buch zu schreiben – das
am Ende Irvin D. Yalom alleine fertigstellen musste. Es ist die
Geschichte einer ungewöhnlichen Liebe und herausragenden
intellektuellen Beziehung. Ein großes Alterswerk, das alle
existentiellen Themen berührt, die uns angehen.

»Ein bestürzendes Buch über Vergänglichkeit und Abschied.
Und ein ergreifend schönes über die Liebe.«
Stern

btb